LETTURE

Ringrazio particolarmente Francesca che ha collaborato in modo determinante alla realizzazione delle illustrazioni.

Seconda edizione, settembre 2015

ISBN 978-88-6714-429-7

www.edizioniel.com

Gionata Bernasconi

DOVE SCAPPI, MATILDE?

EMME EDIZIONI

C'era una volta il contadino Everardo, il quale tutte le sere si addormentava sognando la sua pecorella Matilde che saltava la staccionata della fattoria. Ma da qualche tempo, dopo due o tre salti, Matilde nel sogno belava cosí forte che Everardo si svegliava di colpo e non riusciva piú a dormire.

Finché una sera: – Vattene via! – tuonò il contadino dopo averle tirato dietro un ferro da stiro. – … e non farti piú vedere in questa fattoria –.

«Già è difficile stirare le maglie di lana... – pensò Matilde mentre scappava, – figurarsi le pecore!»
E cosí lasciò la fattoria,

alla ricerca di un posto piú tranquillo.
Cammina cammina, la povera Matilde arrivò nella foresta africana.
Ma con tutta quella lana addosso, gli animali della foresta la prendevano in giro e ridevano alle sue spalle.
– Ah, ah, ah, ma guarda che palla di lana?! – diceva la giraffa torcendosi il collo dalle risate.
– Ih, ih, ih, questi turisti

non sanno proprio come
vestirsi quando vanno
all’estero, – ghignava la iena,
indicando Matilde.

– Uh, uh… gloup… blup… – disse l’ippopotamo senza aggiungere altro, poiché mentre rideva con la bocca aperta aveva ingoiato in un colpo solo venticinque litri d’acqua.

Improvvvisamente, mentre tutti ridevano, si sentí un terribile ruggito che fece tacere tutta la foresta. Le foglie degli alberi diventarono gialle, l'erba si drizzò e i cespugli diventarono piccoli piccoli, come se volessero nascondersi.

Gli animali capirono che era arrivato un ferocissimo leone e che da quel momento c'era poco da stare allegri.

Solo Matilde, che non sapeva cos'era un leone, non si preoccupava piú di tanto. Il suo unico pensiero era di trovare degli amici, perché fino a quel momento nessuno

le aveva rivolto la parola.
Intanto la giraffa aveva indetto una riunione straordinaria con tutti gli animali della foresta, per discutere di come affrontare l'arrivo del leone.

– Dobbiamo trovare una soluzione per cacciarlo via dalla foresta, – disse la giraffa guardando tutti dall'alto in basso.
Gli animali erano attenti e la guardavano pieni di speranza: sapevano che la giraffa era furba e che avrebbe trovato una soluzione. Intanto non rideva piú nessuno, nemmeno le iene; e non si sentiva volare nemmeno una mosca, perché anche loro, come tutti

gli animali presenti, avevano una fifa matta della belva. A un certo punto alla giraffa venne l'idea che tutti aspettavano.

– Ci travestiremo da leoni, in modo che il vero leone non trovi nessun animale da mangiare e se ne vada da un'altra parte, – disse tutta fiera di sé, aggiungendo: – È infatti risaputo che i leoni non si mangiano mai tra loro –.

– Ma come faremo?! – domandarono stupefatti gli animali.

– Semplice, – rispose la giraffa, – chiederemo a quella pecora di farci delle sciarpe di lana, che metteremo al collo come fossero delle criniere. Poi, con qualche sassolino bianco in bocca, imiteremo la feroce dentatura del leone… un travestimento perfetto! –

– Evviva la giraffa! – gridarono in coro tutti gli animali e soprattutto le iene che a poco a poco avevano ritrovato il sorriso, anzi il ghigno.
La giraffa fu la prima ad arrivare da Matilde, e con una

vocina falsa e mielosa le disse:
– Ciao cara, che magnifica lana che hai, veramente stupenda –.
– Oh… grazie, grazie mille, – rispose felice la pecorella.

Matilde era al settimo cielo, finalmente aveva trovato un'amica con cui parlare.

Aveva tantissime cose da raccontare e da chiedere alla giraffa. Per esempio avrebbe voluto sapere se lí faceva sempre cosí caldo, dove abitavano tutti gli altri animali, e altro ancora.
Ma fu la giraffa a iniziare precipitosamente il discorso.
– Ora che siamo amiche, – disse infatti guardandosi attorno con circospezione, – potresti farmi un piccolo favore? –
– Ma certo! – rispose entusiasta Matilde, – tutto quello che vuoi –.

In quel momento si sentí di nuovo il ferocissimo ruggito, e allora la giraffa disse velocemente:
– Avrei bisogno di una caldissima sciarpa di lana… ehm, hai sentito anche tu quel tremendo rumore, vero? –
– Sí, – rispose Matilde. – Che cos'è? –
– Ma è il temporale! – esclamò la giraffa. – È per questo motivo che ho bisogno della sciarpa –.

Uno dopo l'altro tutti gli animali passarono da Matilde, e lei non era mai stata cosí felice in vita sua. Credeva di avere trovato tanti amici e lavorava giorno e notte per poterli accontentare tutti.

«Accidenti, – pensava mentre filava la lana, – qui nella foresta deve fare proprio freddo quando arriva il temporale!»

Intanto il leone diventava sempre piú feroce, perché ovunque andasse incontrava solo e sempre leoni.
Vagava per la foresta alla continua ricerca di una preda, guardava sotto le foglie e dietro agli alberi, ma non trovava mai niente da mettere sotto i denti; ormai temeva di diventare un leone vegetariano.
«Che leone alto!» pensò a un tratto guardando la giraffa che, nonostante cercasse di

nascondersi, spuntava con la testa sopra gli alberi.
«E... e... quello?! Che leone grasso!» pensò incontrando un ippopotamo; e aggiunse con un lungo sospiro: – ... quello sí che ha trovato qualcosa da mangiare! –

Poco piú in là vide un leone con la proboscide e due lunghissimi denti che gli uscivano dalla bocca.
«Poveretto, – si disse, – con quel nasone è proprio ridicolo, altro che Re della foresta».
Poi poco distante ne vide uno che saltava da un albero all'altro.
«Se non avesse quella bellissima criniera e quei denti cosí bianchi direi che assomiglia proprio a una scimmia».

– Ma cosa vado a pensare, – aggiunse disperato, – la fame mi sta dando le allucinazioni... – Poi ne vide anche uno a righe bianche e nere; e un altro muto come un pesce che, a guardarlo bene, aveva anche le squame.

«Accipicchia! – pensava la belva, – qui è pieno di leoni, tutti un po' strani, ma pur sempre leoni... mi manca solo di vederne uno che vola e le

ho viste proprio tutte!!»
E proprio in quel momento passò sopra di lui un uccello travestito da leone che lo salutò cordialmente.

Il leone era sul punto di svenire, quando Matilde lo vide e gli corse incontro con una sciarpa in mano.
– Signore, non sia triste, – disse vedendo il leone piangere dalla disperazione, – ho preparato una sciarpa anche per lei, con l'ultima lana che mi è rimasta. Non pianga, non deve avere paura del temporale! –
Il leone non credeva ai suoi occhi, aveva davanti una pietanza bella e pronta che gli stava correndo in bocca.

«Che sia un Saltimbocca?» pensava la belva che non aveva mai visto una pecora. Poi fece un ruggito di piacere.

«Mamma mia, il temporale!!!» pensò Matilde. Ma un attimo dopo aveva capito tutto: che la giraffa non era sua amica, e che l'aveva ingannata cosí come l'avevano ingannata

tutti gli altri animali.
La pecorella cercò allora
di mettersi in salvo fuggendo
lontano dal leone, che però era
molto piú veloce e agile
di lei.

Nel frattempo gli animali della foresta se ne stavano nascosti dietro i loro travestimenti,

e guardavano divertiti
l'inseguimento senza rendersi
conto che stavano per

assistere alla fine dell'unico vero animale della foresta.
Ma a un tratto...
– Matilde!! – gridò Everardo nel cuore della notte.
Il vecchio contadino infilò velocemente le ciabatte e corse alla finestra con un nodo alla gola: ma per fortuna vide Matilde che come tutte le notti stava dormendo beatamente in cortile.
Il contadino tirò un sospiro di sollievo, e capí di aver avuto soltanto un terribile incubo.

Da quel giorno Everardo si addormentava sognando la giraffa con la criniera, che per paura di essere scoperta dal leone stava immobile come un palo e non apriva mai bocca. «Che tranquillità» pensava

felice il contadino, e anche
se Matilde belava un po',
chiudeva un occhio e si voltava
dall'altra parte.

L'autore

Gionata Bernasconi vive a Bellinzona, in Svizzera, con Francesca e tre splendidi bambini: Sofia, Adele e Martino. Lavora a tempo parziale per la Fondazione ARES - *Autismo Ricerca E Sviluppo*, per la quale svolge, in qualità di educatore specializzato, interventi psicoeducativi, formazione e consulenza nell'ambito dei Disturbi Pervasivi dello Sviluppo. Inoltre è docente, presso la *Scuola Cantonale Operatori Sociali* di Mendrisio, sull'utilizzo delle attività creative in ambito educativo e terapeutico.

PRIME LETTURE

Pubblicazioni piú recenti

92 *Angelina diavoletto*, di Nicoletta Costa
93 *Jack e il pennello magico*, di Fabrizio Silei
94 *Il Lupo è morto, anzi no*, di Giorgio Scaramuzzino
95 *La principessa Carlotta e il regalo di compleanno*, di Stefano Bordiglioni
96 *Zelig, il piccolo leone*, di Fabrizio Silei
97 *Il viaggio di Cinello*, di Roberto Piumini
98 *Il favoloso gelato Tocatí*, di Laura Walter
99 *Angelina diavoletto fa una torta*, di Nicoletta Costa
100 *La bambina che mangiava i lupi*, di Vivian Lamarque
101 *Cappuccetto Distratto*, di Cinzia Razzoli
102 *L'albero di Caluden*, di Roberto Piumini
103 *Sopra e sotto il letto*, di Silvia Roncaglia
104 *La penna magica*, di Stefano Bordiglioni
105 *L'omino dei desideri*, di Giulia Cocchella
106 *Storie, frottole e frittelle della principessa Shahrazad*, di Irene De Piccoli
107 *Dove scappi, Matilde?*, di Gionata Bernasconi
108 *Il leone verde*, di Roberto Piumini

Finito di stampare nel mese di agosto 2015
per conto delle Edizioni EL
presso G. Canale & C. S.p.A., Borgaro Torinese (To)